Sglod a Blod

Stori gan

RUTH MORGAN

Darluniau gan

SUZANNE CARPENTER

GOMER

Argraffiad cyntaf – 2000

ISBN 1 85902 808 X

Cynllun y clawr: Olwen Fowler

Y mae'r gyfrol hon yn rhan o Gynllun Cyhoeddiadau Cyd-bwyllgor Addysg Cymru.

CBAC

Argraffwyd yng Nghymru gan
Wasg Gomer, Llandysul, Ceredigion SA44 4QL.

I Dad
x x x
R.M.

I Chris, gyda chariad a diolch.
S.C.

Roedd Sglod y ci yn gwarchod
siop sglodion Neli.

Roedd siop sglodion Neli ar y pier yn Abertwt.

Doedd neb yn gwybod pam roedd angen ci i warchod y siop, ddim hyd yn oed Neli.

Digwydd galw yn siop Neli wnaeth Sglod un diwrnod – a phenderfynu aros am byth.

“Ci-cadw-golwg ydw i,” meddai Sglod, “ac mae cadw golwg yn gallu bod yn waith peryglus.”

Byddai Sglod yn cadw golwg ar wylanod a fyddai'n hedfan yn isel, ar donnau a fyddai'n tasgu, ond yn bwysicach na dim ar . . .

SGLODION!

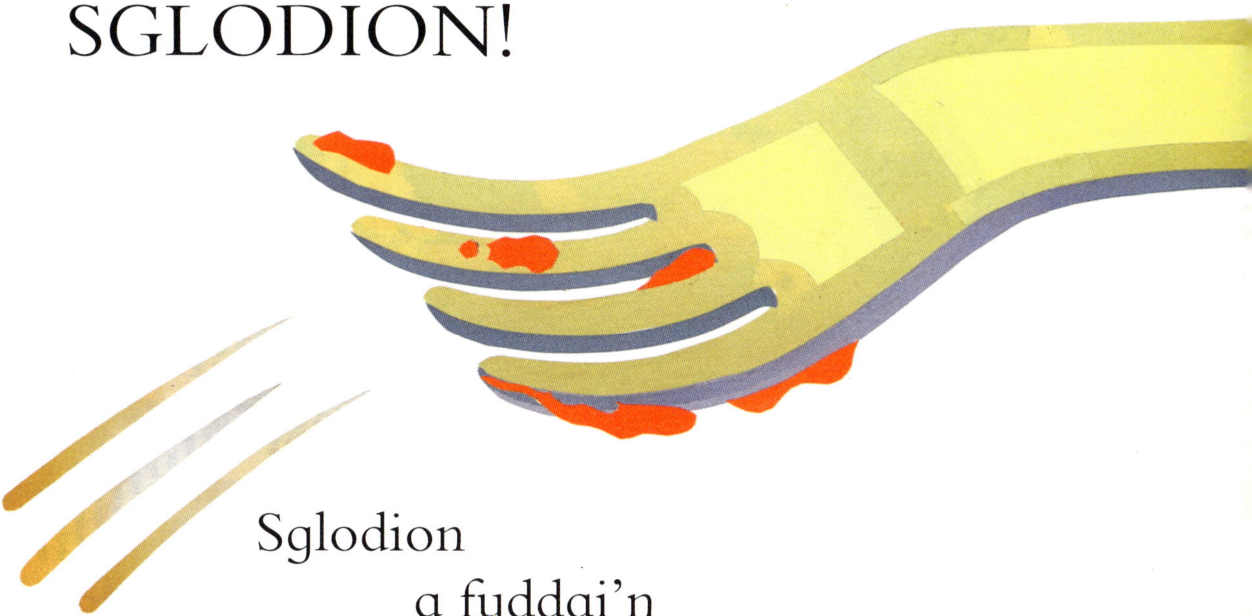

Sglodion
a fyddai'n
syrthio
ar lawr
y pier.

Sglodion blasus, tew a seimllyd yn nofio mewn saws a finegr.

Iymi-i!

Byddai'n drueni gwastraffu sglodion, ac wedi'r cwbl gallai rhywun lithro arnyn nhw a brifo. Felly roedd yn bwysig fod Sglod yn clirio'r cyfan!

Ond un bore roedd Cariad, y pŵdl ffroenuchel, yn mynd am dro.

Wrth iddi basio Sglod yn pendwmpian dechreuodd y pŵdl bwffian chwerthin.

"Lwmpyn tew wyt ti, fel un o dy hen sglodion!" meddai'n gas.

Tew? Doedd e ddim wedi bwyta gymaint â hynny o sglodion, oedd e?

Â'i gwt rhwng ei goesau, fe'i llusgodd ei hun draw i weld Neli.

"Wel, Sglod bach," meddai Neli. "Mae Cariad yn iawn; rwyt ti'n dipyn o folgi."

"Dwyt ti ddim yn byw yn iach. Mae eisiau llai o sglodion a mwy o ymarfer corff arnat ti, gi bach."

Llai o sglodion! O na!

Cuddiodd Sglod o dan ei gadair yn teimlo'n drist iawn, iawn.

Yna clywodd lais a fyddai'n siŵr o godi ei galon.

Blod yr wylan oedd yno – ei ffrind gorau.

"Haia, Blod!" galwodd arni.

"Haia, Mr Bol Barus," atebodd Blod yn ddireidus.

"Paid ti â dechrau!" gwaeddodd Sglod. "Rwyt ti'n waeth na'r hen bŵdl 'na!"

Soniodd wrth Blod
am eiriau cas
Cariad.

"Mae Neli'n iawn," meddai Blod. "Mae'n bryd i ti wneud ymarfer corff a bwyta'n iach. Mi fydda i'n hyfforddwr ffitrwydd personol i ti."

"Gawn ni ddechrau fory?" gofynnodd Sglod.

"Na!" meddai Blod. "Dechreuwn ni NAWR!"

Trefnodd Blod gwrs ymarfer i Sglod, o'r naill ben i'r pier i'r llall. Benthyciodd gloc tywod gan Neli i amseru Sglod yn ymarfer.

"Cofia nawr, gwnaiff hyn les i ti!" meddai Blod.

"Wn i ddim wir," meddai Sglod yn amheus.

Gafaelodd Blod mewn chwiban. "Marciau . . . barod . . . EWCH!" . . . PÎÎÎP!

Gwibiodd Sglod
rhwng y
bwcedi.

Mewn

Llamodd dros
y stondin hufen iâ
a neidio dros res
o botiau.

a mas, mewn a mas.

Herciodd drwy sawl cylch hwla
cyn sboncio mewn sach dros y llinell.

Doedd gan Sglod ddim
gwynt ar ôl.

"Hm, ddim yn ffôl," meddai Blod. "Treiglodd y tywod drwy'r cloc tywod dair gwaith. Tair munud dair gwaith yw . . . naw munud! Fe fyddi di'n gynt heno."

"Heno? Heno eto?" Roedd Sglod wedi blino'n lân.

"Paid â chwyno. Gwnaiff les i ti," meddai Blod.

Aeth Sglod ar hyd y cwrs eto'r noson honno – a'r bore wedyn – a phob bore – a phob nos – am bythefnos, gan symud yn gynt bob tro.

Erbyn y diwrnod olaf, roedd e'n medru gorffen y cwrs mewn pedair munud!

Diolch i'r bwyd iachus blasus a roddai Neli dan ei drwyn doedd e ddim yn bwyta cymaint o sglodion. Yn fuan roedd e'n teimlo'n well o lawer.

"Rwyt ti'n edrych fel un o'r cŵn smart yna ar y teli," meddai Neli.

Ac roedd Sglod
yn teimlo fel
seren.

Ond yna – digwyddodd rhywbeth ofnadwy!
Doedd Sglod ddim yn clirio'r sglodion erbyn hyn. Roedden nhw'n gorwedd ar hyd y pier ym mhobman a neb yn gweld unrhyw berygl.

Un bore, roedd Cariad yn mynd am dro fel arfer, pan lithrodd – W-W-WPS! – ar sglodyn.

Sglefriodd fan hyn – a sglefriodd fan draw, a llithro dros ymyl y pier!

ANGOR ABERTWT

STORI FAWR

CI CYFLYM YN ACHUB Y DYDD

Cariad, y pŵdl, yn diolch i Sglod am ei hachub.

Symudodd Sglod fel saeth ac estyn ei gorff yn ddewr dros ymyl y pier. Gafaelodd ym mhawen y pŵdl a oedd yn llawn panig erbyn hyn. Tynnodd hi'n ôl

Neli Owen, perchennog balch ci dewraf Abertwt.

yn ddiogel i'r pier. Diolchodd Cariad o waelod ei chalon i Sglod am achub ei bywyd ac roedd yn ddrwg ganddi am fod mor gas wrtho.

Ymddiheurodd yntau am beidio â chlirio'r sglodion. Cafodd Sglod ei drin fel arwr mawr gan bawb yn Abertwt drwy'r dydd.

Ond ci trist oedd arwr Abertwt y noson honno.

Roedd ganddo broblem.

"Pan fydda i'n clirio'r sglodion, Blod, rydw i'n mynd yn dew," meddai. "Ond pan na fydda i, mae'n beryglus. Beth yw'r ateb?"

"Wel, defnyddia dy gwt i frwsio rhai o'r sglodion o'r ffordd," atebodd Blod. "Bwyta un ac yna brwsia ddau!"

Wrth gwrs, dyna'r ateb!

"Fy ffrind
Blod yw'r
deryn doethaf
yn y byd!"
gwaeddodd
Sglod yn llawen.